천년의 시 0146

크리스마스섬의 홍게

천년의시 0146

크리스마스섬의 홍게

1판 1쇄 펴낸날 2023년 3월 17일
지은이 유한청
펴낸이 이재무
기획위원 김춘식, 유성호, 이형권, 임지연, 홍용희
책임편집 박예솔
편집디자인 민성돈, 김지웅, 정영아
펴낸곳 (주)천년의시작
등록번호 제301-2012-033호
등록일자 2006년 1월 10일
주소 (03132) 서울시 종로구 삼일대로32길 36 운현신화타워 502호
전화 02-723-8668
팩스 02-723-8630
블로그 blog.naver.com/poemsijak
이메일 poemsijak@hanmail.net

유한청ⓒ, 2023, printed in Seoul, Korea

ISBN 978-89-6021-702-7
　　　978-89-6021-105-6 04810(세트)

값 11,000원

크리스마스섬의 홍게

유한청 시집

천년의시작

기어이 새봄이 오고야 말았다.

나무들이 하나둘 잎을 떨구고 옷을 벗을수록
사람들의 옷은 두꺼워져만 갔다
집 앞 세병호는 자주 얼음이 얼었고
그 위로 하얀 눈이 쌓이고 바람에 쓸려 가기도 했다
아이들은 겨우내 밖에 나가려 하지 않았다.
얼음이 풀리고 집 뒤로 보이는 백석제에
하얀 새들이 자맥질을 하기 시작했다
그 누가 닫힌 매화 꽃잎을 열 수 있을까?
벙글어진 하얀 꽃
두꺼운 옷들이 거추장스럽다
이상하게 바람에서 냄새가 났다
현기증처럼 머리가 아득해지고 가슴이 뛰기도 했다
봄맞이를 해야겠다. 새로 오는 봄을.

2023년 어느 봄날

차 례

시인의 말

제3부

해 설

제1부

그리운 날에

속절없는 세월의 흐름 속에
다시 또 하나의 겨울을 맞이합니다

추수 끝난 텅 빈 들판처럼
온기 없는 우리들 가슴에는 찬바람만 가득하지만
불면의 밤을 지새우고 통증처럼 문득 그리움이 찾아오면
그리하여 아지 못할 그 무엇으로 가슴이 북받쳐 오면
하나둘 그리움의 실타래를 풀어 놓습니다

달빛 속에 하얗게 흐드러진 망초꽃 들판
겨울 바닷가 빨간 등대
찻잔을 마주하고 끝없이 이어지던 이야기들……
그 시절, 그 사람들, 그리고
그대의 얼굴
목소리
작은 몸짓들

그리운
날에

크리스마스섬의 홍게

호주 크리스마스섬에
우기가 찾아오면
1억 마리 홍게가 숲에서
바다로
바다로
여정을 시작한다

마을을 지나 도로를 건너고
바다를 가로막는 마지막 절벽까지
느리지만 쉬지 않고
앞으로 앞으로 나아간다

자동차에 온몸이 부스러지고
한낮의 뜨거운 햇볕에 몸이 말라 가고
천적들의 공격에 쓰러지는
동료들의 시신을 딛고 넘어서
미끄러지고 뒤집어져도
그래도 나아간다
바다로

\>
가파른 절벽을 기어 내려와
마침내 마주하는 푸른 바다
처음
세상의 아침을 맞이하였던 그곳
이제 자손으로 누대를 이어 갈
찬란한 산란

죽어간 벗들의 마른 등딱지
잘려 나간 집게발 위로
떠나왔던 홍게들이 되돌아간다
붉은 파도 되어
숲으로
숲으로

모시떡

모시떡이라 했다
삶은 밤처럼
아니 잘 삶은 주꾸미알처럼
입 안을 빈틈없이 꽉 채우는……

가을 들판은 허허롭지만
그 수확으로 우리네 곳간은 그득해지듯이
삶은
비워야 그만큼 더 채워지나 보다

채반 위의 모시떡
하나둘
줄어들고
허수아비처럼
푸른 솔잎만이
아련한 향을 추억한다.

꽃샘바람

개나리 진달래 피었다 지고
복사꽃 배꽃 흐드러져도
가실 줄 모르는 꽃샘바람
키 큰 나무 흔들어 대고
갓 돋아난 여린 새순 두려움에 떨게 한다

찬 기운 옷을 입고
시새움에 봄 마중 가로막다

대지 가득 온기 다스워지면
기어이 가슴에 생채기만 남기고
멀어져 가는 꽃샘바람

미웁고 원망스러워
눈 흘겨 보지만

나도
그 언제 누군가에게
꽃샘바람 아니었더냐

겨울, 화암사*

바람 끝이 맵싸한 오후의 적요寂寥
풀잎이 가볍게 몸을 떤다
나무 계단
던져 버리지 못했던 원망과 날 선 말들
걸음걸음에 놓아 본다
굴참나무 댕강나무 산팽나무
동굴처럼 깊어 가는 계곡 속으로
햇살이 옷 주름을 편다

철 계단을 울리는 발소리
늘 삐걱대고 울퉁불퉁하였다
벗어 버리지 못한 착심着心들
가슴을 조여 오는 굵은 손아귀에
밤은 늘 그렇게 칠흑이었다
돌계단을 지나고 맞이하는 우화루
눈이 서늘하다
끝내 털어 내지 못했던 번뇌
내려가자
남겨 두고 버려두고 내려가자

>
흑갈색 나뭇잎 사이
또옥 똑 흐르는 듯 멈추인 실개천
졸리운 듯 게으르고
해 지기 전 내려가는 산길
희끔희끔 잔설이 보이는 시린 가슴엔
꿈인 듯
노오란 복수초가 홀로 아득하다

* 화암사: 전북 완주 경천면에 있는 고찰.

단풍나무

이른 봄
처녀들 설레게 하는
연분홍 진달래꽃
꼿꼿이 목 쳐들고
고고한 척 우아한 척 몸을 꼬는
하얀 목련

5월 밝은 햇살
괜스레 싱숭생숭하게 하는
라일락 향기
단번에 눈길 사로잡는 요염한
빨간 장미

채송화, 봉숭아, 달리아
하다못해 이런 것들에도
선선히 앞자리 내어 주고

초록은 짙푸르고
무거워 처지도록 무성한 잎사귀
뜨거운 여름 다 지나고

이제
찬바람 부는 계절

너
얼굴이 붉어진다
이 나무 저 나무 물들어 간다
온 산이 불타오른다
뿌리부터 퍼 올린 수액
온몸이 터질 듯하다

돈나무

돈벼락 좀 맞자고 사 온
돈나무 금전수
죽순처럼 새로 돋은 가는 줄기
잎사귀 펼치기 시작한다
연두에서 진초록으로
햇빛 받아 빤딱 빤딱
기름기 흐르는 잎맥

돈나무 천장까지 닿으면
주렁주렁 돈다발 열매 달리겠지
새하얀 모시 수건
정성스레 닦아 보는
돈 이파리
금전수 진초록 잎사귀

부석사

한 번은 가 봐야지
부석사

돌계단 밟아 올라
안개인 듯 마주한
무량수전
새악시처럼 함초롬히
치맛자락 두 손에 쥐고
눈부신 양 가늘게 뜬 눈
사뿐히 고개 숙여 절을 한다

소백 태백 만나는
산 줄기줄기
아득히 멀리 겹치는
가을 끝자락
오름이 있으면 내림이 있어라
석등의 이끼는 무심하고
먹이 찾는 산새들만 저물녘에 부산하다

선유도 낙조

바둑 두던 신선들도 돌아가고
낮게 나는 갈매기에 눈길 빼앗긴 찰나
수평선 너머 사라진 태양

올망졸망 섬들
구불구불 능선 사이로
살굿빛 물드는 바다

하나둘 사람들은 떠나가고
금빛 모래 간지럽히며
불어오는 비릿한 해풍
쌓다 만 모래성에 바닷물이 스미면
파도 소리만
먼 기억처럼 아득하다

강화도 손돌목에서

I

이내 진정 몰라주니
야속타 님이시여
바가지 따라 흘러 흘러
귀한 목숨 얻었으니
꽃잎 되어 떠내려간
손돌 사공 잊지 마오

II

휘돌아 부서지는
초록빛 여울물
천년 세월 흘렀어도
물빛은 여전한데
시월이라 손돌 추위
매운바람 불어오니
해 저무는 광성보에
나그네만 외로워라

잠행

선거가 끝나고 뉴스가 사라진 저녁
사람들은 서로 눈길을 피하고 애써 말을 참는다
까끌까끌해진 입 안에 마지못해 밀어 넣은 음식은
자주 목에 걸려 캑캑거리고 달그락대던 소화제는
이제 빈 통이 되었다
서녘 하늘 곱던 노을이 핏빛으로 물들고
총총하던 별들은 구름 속에서 얼굴을 내밀지 못한다
쓰린 위장 속에 털어 넣은 소주는 첫 잔부터 쓰디쓰고
반공 방첩 멸공 포스터 관청 깃대 펄럭이는 새마을기가 어
른거린다

희붐하게 밝아 오는 새벽
새소리 교회 종소리
이렇게 앉아만 있어서는 안 되지
가슴에 꺼지지 않는 불씨 하나 간직하자
마침내 횃불이 되고 봉홧불이 되어
어둠을 불사르고
사악한 무리들이 슬피 울며 쫓겨 가도록
다시는 우리의 에덴을 흘깃거리지 않도록
하나둘 돌탑을 쌓아 올리자

혼군昏君의 시대

이슬도 독사가 먹으면 독이 되고
젖소가 먹으면 우유가 된다지
권력도 성군이 쓰면 국민이 이롭고
혼군昏君이 쓰면 나라가 위태롭다
그러니 여보시오들
사람 잘 보고 뽑읍시다
나중에 손가락 자르느니 마느니 하지 말고

로뎀나무 아래

로뎀나무 아래
엘리야는 잠들고
불어오는 모래바람
서녘 하늘이 뿌옇다
이세벨의 사냥개들 등 뒤에서 짖어 대고
앞을 가로막은 천 길 낭떠러지
태양도 운행을 멈추고
별들도 빛을 잃어
피할 곳도 숨을 곳도 없다
모래알처럼 부서져 버린 몸
거칠게 내뱉는 숨결에
아지랑이가 자욱하다
주여,
이제 내 생명을 취하소서
여기서 그만 멈추게 하소서
깊고도 긴 휴식 허락해 주옵소서

* 『구약성경』, 『열왕기』 상, 19장.

그런 사랑이고 싶다

대형마트 스피커에서 아이돌 가수는 내 목숨보다 더 널 사랑해
짐짓 애절하게 가성으로 노래를 한다
유리에 살짝 베인 손가락 상처 물이 닿자 쓰라리다
가을이 떠난 초겨울 아침 불어오는 바람에 어깨가 좁아진다
사랑으로,
장미처럼 붉게 타올랐던가?
한 생을 다하고 아스라이 먼 하늘가 떨어져 내리는 유성
온몸을 불살라 마지막 한 조각 불꽃마저 세상에 내놓았던가?
정원사 손길로 곱게 단장하고 허리 곧추세운 고고한 향나무엔
바코드가 찍혀 있다
산비탈 아무렇게나 누워 비틀어진 들꽃
바람따라 흩어지는 아릿하고 비릿한 내음
두 팔 벌려 한껏 들이마신다
반질반질 둥글둥글한 돌보다
울퉁불퉁 제각각인 바닷가 모난 돌, 애틋해서 다시 돌아보
게 된다

그런 사랑이고 싶다

상어

너는 한동안 나의 부레였다

금요일 오후
　밀려드는 졸음에 고개가 뒤로 꺾이도록 퍼진 물회처럼 흐물거렸다
　벨트 구멍을 한 칸 더 늘리고 살쪄 가는 간에 다이어트 약물을 주입한다
　움직이지 않으면 심해 바닥에 가라앉는다
　가라앉으면 떠오르는 것이다
　젊은 날엔 늘 버둥대며 허우적거렸다
　사랑이 끝나면 새로운 사랑을 시작해야 했다

너로 인해
　힘차게 대양을 헤엄쳐 가고 펄떡이던 지느러미
　이끼가 끼고
　송곳처럼 날카롭던 이빨
　녹슬고 금이 갔다
　전기 코드가 뽑힌 수족관
　김 서린 안경처럼 산소는 맛을 잃었다
　새로운 사랑 끝에는 언제나

너의 부재가

정원 한편의 식물로 자라

끝내 수면에 닿으려는 나의 부력을 막아서곤 했다

제2부

노랑나비 되어 내 꽃밭에 날아온 너에게

—세월호 희생 아이들을 추모하며

그날
엄마는 출근 준비에 바빠
너의 수학여행 가방을 챙겨 주지도 못했구나

그날
아빠는 밤새 야근에 지쳐
그저 잘 다녀오라는 문자만 겨우 남기고 말았구나

한 번, 단 한 번만
집 떠나는 너를
내 품에 꼬옥 안아 주고 보냈더라면

아,
원통하고, 절통하다

맹골수도 시퍼런 바닷물 속에서 건져 올린 너를
마침내 내 두 팔로 안아 보았을 때
온몸 구석구석 피가 돌고 돌아
늘 따습기만 하던 너는
차갑게

시리도록 차갑게 식어 버렸다

가슴을 치고 땅을 쳐 봐도
너는 대답이 없고
사나운 파도만이 가슴을 찢는다
모진 바람만이 살갗을 할퀴고 간다.

무심한 세월이 흘러
다시 봄
그리고 4월,

4인용 식탁 비어 있는 네 자리를 바라보며
산 사람은 살아야지
우걱우걱 입 안에 밀어 넣다 왈칵 목이 메인다

연초록 잎새 사이 빨강, 분홍 꽃들이 피어나는 꽃밭
노랑나비 한 마리 팔랑팔랑 날아와 앉는다.

그래 그곳에서

동무들과 재잘거리며
밤하늘 별이 되어
푸르른 봄 나비 되어
반짝반짝 빛나거라
훨훨 하늘 높이 날아가거라

달빛 가득한 꽃밭
둥근 달 바라보며
다시 올 너를, 너희들을 기다리며
한 서린 가슴을 쓸어내린다
꽃 한 송이, 잎새 하나 고이고이 어루만져 본다.

미정이 이야기

가랑비에 젖은 하얀 꽃잎을 밟으며
열일곱 미정이가
경기도 안산에서 전학을 왔다

어버이날
삼촌 손에 이끌려 온 미정이는
구석에 앉아 작게 울었다
일 년간 휴학을 하기로 했다

안산에서 페인트칠하던 아버지는 납중독으로 세상을 떠났다
삼촌은 어린 미정이가 임종을 보게 했다
그 후
혼자 있을 때 어두운 밤에 고통으로 몸부림치던 아버지가
보이면 두 손으로 머리를 감싸 쥐며 얼굴이 창백해지고 손발
이 얼음처럼 차가워졌다. 식은땀이 흐르고 가슴이 답답해졌다

초등학생 때 집 나간 엄마는
끝내 돌아오지 않았다

2학기 개학 날

>

미정이는 학교를 그만두었다
하늘빛 블라우스가 바람에 하늘거렸다

책장 넘어가듯 세월이 흐르고
우연히 만난 졸업생이 쪽지처럼 건네준 소식
병원 앞 잔디밭 벤치
초점 없는 눈으로 먼 하늘을 바라보는 그는
입가에 희미한 미소가
보일 듯 말 듯 했다

사랑, 그보다 편한 건 무관심인 것을

그래 무관심이 더 편한 것을
여기까지 오는데 이리도 큰 고통과
이렇게 많은 시간이 걸렸단 말인가
그냥 두어
자면 자는 대로 떠들면 떠드는 대로
그들의 입장에서 생각해 봐
물기조차 마르지 않은 젖은 머리칼로
무거운 책가방 어깨에 둘러메고
만원 버스 속에서 이리저리 흔들리며
그래도 나와 준 것만도 어디인가, 결석하지 않고
더 이상의 것을 강요하지 마
공부 좀 못하면 어때 누군 잘하고 싶지 않아서 그러는 건가
한 번만 더 그들의 생각을 해 줘
한창 피어나는 꽃과 같은 나이에
피곤에 지친 저 생기 없는, 기계 같은 저들을 봐
그러니 내버려 둬
자기 인생 자기가 알아서 하겠지
그들도 이제 성인이야 사고력도 있고 나름대로 생각이 있다고
이리저리 오라 가라 할 필요도 없어
책상 위에 놓인 저 많은 책들

그 안에 무엇이 있기에
날마다 읽고 쓰고 외워야 하나
그게 행복의 문을 여는 열쇠야?
책을 베고 엎드려 자는 평화로운 얼굴
그게 그들에겐 안식일 수도 있어
어쩌면 그 순간이 유일하게 행복한 시간인지도 모르지
그러니 내버려 둬. 그냥 두란 말이야

이제 조금 마음이 편안한가, 홀가분하고
그럴 거야 당분간은, 얼마간……

6월의 붉은 장미

My love is like a red red rose[*]

맘이 우울하고 삶이 허무하게 느껴질 때,
깊은 밤, 아무도 없는 깜깜한 방 안에서,
추적추적 빗방울이 창문을 때릴 때,
나른한 오후, 스르르 눈꺼풀이 내려앉을 때,
그 사람에게서 따뜻한 미소 대신 싸늘한 냉소를 보았을 때,
헤어져 돌아서는 발길이
그 어느 때보다 무거울 때,
그리고 문득,
옆집 담장에 붉은 장미 한 송이를
눈이 시리게 바라본 날 저녁에,
헤드폰 깊숙이 눌러쓰고 들어 보아요.
가슴 한구석 왠지 모를 바람 한 점 불어온다면,
괜스레 눈가에 물기가 서린다면,
그리하여 다시금 사람들을 사랑하게 된다면,
내 사랑은 붉디붉은 6월의 장미가 되리라

* 스코틀랜드 민요.

아침 보충수업

부랴부랴 머리만 감고
대충 옷을 걸치고
황급히 엘리베이터로 뛰어간다
고장 수리 중
오늘따라 신호등은 모두 빨간색
새삼스레 어젯밤의 과음이 후회된다
깔깔해진 입 안을 냉수로 헹궈 내고
주섬주섬 책과 분필을 챙겨 들고
한 계단 한 계단 교실로 향하면
어 여기가 아닌데.
듬성듬성 빈자리가 보이는
상쾌하지 못한 아침 보충수업
물기 젖은 머리칼을 쓸어 올리고
힘없이 대답하는 풀 죽은 목소리
갑자기 꺼져 버린 형광등을 쫓아가노라면
전기 검침원처럼 사라지는
복도의 그림자
이 시간 끝나면 컵라면이라도 먹어야지
나와 아이들의 무언의 의견 일치에
아주 잠시 눈빛이 반짝인다.

읽지 못한 이임사

심지心地는 원래 요란함이 없건마는
경계를 따라 있어 지나니
그 요란함을 없게 하는 것으로써
자성自性의 정定을 세우자*

얼마 전 극장에 갔는데
영화가 인기가 있는지 엘리베이터가 만원이었습니다
내릴 곳이 5층이었는데 그만 4층에서
그야말로 등 떠밀려 나가고 말았습니다

—지금 내가 휘두른 칼이
언제 나를 향할지 알 수 없습니다
전전반측하던 지난 며칠 밤
인생사 새옹지마라
입술 깨물고 자위해 보았습니다

새소리에 깨어난 새벽
헝클어진 머리칼을 쓸어 올리며
골골이 퍼져 가는 안개
방향도 모르는 채 걸어가다

뜨거워진 가슴 짓누르며
끝을 알 수 없는 서늘한 우물 속
스르륵 두레박을 내려놓습니다

* 원불교 일상 수행의 요법 중 일부.

그 시절은 가고

친구들 모임에 가면 중년의 건강, 출렁거리는 뱃살, 취업 못 한 아이들, 그리고 돌아오는 카드 결제일 들을 이야기한다. 스탠드바에서 우아하게 와인을 즐기던 친구는 통풍의 괴로움을 호소하고 조기 축구회에 한 번도 빠지지 않았다던 녀석은 무릎 연골이 아파 TV 중계로만 축구를 즐긴다. 술만 마시면 민주화 운동에 앞장섰노라고 큰소리치던 친구는 떨어진 주식시세와 노조원들의 파업 예고에 분통을 터뜨리는데 불콰해진 얼굴에선 기름기가 번지르르하다.

2차로 간 맥줏집에서는 젊은이들의 높은 목소리로 떠들썩하고 안주로 나온 샐러드와 감자튀김은 어느 날 바닷가에 나타난 하멜 일행처럼 이질적이다.

얇게 썬 병치를 깻잎에 싸 먹어 보았으면······

대학교 1학년 어느 봄날, 우리는 버스비를 아껴 막걸리 한 주전자 값을 만들기로 하고 용머리고개까지 두 시간을 걸어갔다. 할머니가 차려 내온 막걸리 한 주전자와 찰진 안주들. 마지막 한 방울까지 이가 빠진 플라스틱 접시 위의 부추와 양파채까지 남김없이 먹어 치웠다. 가난했지만 풍족했고 푸르렀던 그때. 관료주의가 어떻고 매판자본이 어떠느니 치기 어린 토론으로 새벽 교회 종소리에 졸린 눈을 비비며 집으로 돌아가던 날들

빛바랜 잡지의 표지처럼 기억 저편에서 가끔씩 발부리에 채이는 그 시절.

　늦가을 스산한 바람에 마른 잎들이 먼저 거리에 나뒹군다.

가끔 뒤돌아보세요

앞만 보고 가지 말고
가끔씩 뒤돌아보세요
지나온 발자국
어지러이 찍혀 있지 않은가요?

가끔은 길가에 앉아 쉬어 보세요
파란 하늘 흘러가는 구름 바라보면서
이마에 흐르는 땀도 닦아 보고요

까만 어둠이 사위를 덮은 밤
하늘을 잠시 올려다 보세요
소나기처럼 쏟아지는 별들과
함께 어울려 유영하는 황홀한 순간들
아무도 모르게 가슴에 간직해 보아요

잠들기 전 잠깐 생각해 보세요
오늘 하루는 어땠나요?
누구
마음 다치게 한 사람은 없었나요?
원망과 미움

분노 가득한 마음 가지고
잠자리에 들지는 않았지요?

미소 지으며
사립을 나서는 달빛
솜털처럼 포근한 꿈길입니다

위로

아무 말 없이 옆에 앉아 있는 것입니다
빈 잔에 술 따라 주고 두 눈을 바라보는 것입니다
한밤중에 걸려 온 전화 울먹이는 목소리
그저 들어 주는 것입니다
힘없이 기대 오는 가냘픈 그대
오랫동안 어깨 내주며 서 있는 것입니다
발걸음 맞춰 나란히 걷습니다
떨리는 두 손 가만히 쥐어 봅니다

소년들

연둣빛 소년들
어깨동무한 채 걸어간다
키 큰 아이들 사이
솜털이 뽀얀 녀석
손등을 덮은 교복 소매는
등교 버스 바라보다
뒤돌아서 눈물 짓던
엄마의 빛 고운 슬픔이다

담장을 넘어가는 웃음소리
하얀 벚꽃잎이 흩날리고
산꿩은 멀리서 졸음을 쫓는다

안녕하세요!
큰 소리로 인사하고
계단을 올라가는
부추처럼 자라는 아이들
싱그러운 햇살 맑은 냇가
초록이 지천이다

축구화

체육 시간
운동장에서 축구하는 아이들
알록달록 메이커 축구화

어릴 적 공보다 멀리 날아가던 고무신
쭈글쭈글 바람 빠진 축구공
그나마 없으면 주워온 테니스공으로
저녁 먹으라고 엄마가 부를 때까지
입김 콧김 불어 가며 바람을 가르던
맨발
짚세기로 묶은 고무신

화단 옆 두고 간 메이커 축구화
사흘째 나타나지 않는 주인
쫓겨난 임금의 파헤친 무덤처럼
지나는 아이들 눈길도 주지 않는다

실소失笑

우리 동네 정육점 아저씨는 채식주의자

나는 시를 쓴다

독도

객지 나가 사는 막내아들
밥은 잘 먹고 있는지
몸은 성한지
오늘은 너를 만나러 가는 날
7월의 뜨거운 햇살
망망대해 건너 수평선엔
물비늘도 눈부신 잔잔한 바다

멀리서 두 팔 벌려 달려오는
가뭇한 그림자에 벌써
가슴은 벅차오르고
다가서는 동도東島와 서도西島
마침내 발을 딛고
와락 너를 안아 본다
오랫동안 너의 실팍한 가슴에
머리를 묻는다

헤어져 돌아가는 뱃머리
홀로 남겨 두고 가는 무거운 발걸음
갈매기 날개처럼 흔들어 대는 너의 두 손이

희미해지고 작아질 때까지
눈 안에 담아 두리라 마주 흔드는 손

파도 소리에 잠들고
붉게 솟는 태양에 잠 깨어
바위처럼, 저 검은 바위처럼
굳세게 살아 다오
먹장구름 앞세우고 몰려오는 폭풍우
거센 파도에도
꿋꿋하게
의연하게 살아가 다오

언제까지

두만강 가 살던 여인 여진족에게 끌려갔다
낙동강 가 여인네들 왜구에게 잡혀갔다
반란군 관군으로
계엄군 시민군으로
남정네들 돌아오지 못하였다
국토의 허리를 잘라
오래도록 나뉘어 산 세월
언제까지 이래야지?
바람 소리에 놀랄 텐가
빗소리에 가슴 졸일 텐가
허리 펴고 살아야지
뿌리친 손 다시 잡고
웃으며 살아야지
우리 이제
마음 놓고 한번 살아 봐야지

5월에

머언 전설의 끝을 따라가다 만난
하늘 저편
남녘의 슬픔처럼 피어올라
흐느끼듯 산을 넘는 한 점 솜털 구름
머뭇머뭇 뒤돌아보는 그윽한 눈길 속에
떨어질 듯 맺혀 있는 투명한 그리움들

가지를 늘어뜨린 키 큰 느티나무
감추인 나이테만큼 힘들게 땅을 딛고 있는데
비 개인 오후
정원 한편엔
사철나무 잎새 위의
작은 소란함들
미동도 없는 가쁜 자유를 숨쉬고 있다.

제3부

전화 1

여보세요, 북경반점입니까?

잘못 거셨습니다

여보세요, 국민은행인데요 대출금 상환일이 지났습니다

……

여보세요,

나야,

봄볕이 참 맑고 따스해

느티나무 연둣빛 잎사귀들, 보이지?

학교 끝난 아이들의 높은 웃음소리가 정겨워

어깨동무 한 채 와 소리 내며 뛰어가는

작은 발걸음들, 들리지?

탁자 위의 커피 한 잔

모락모락 피어오르는 수증기 사이로

그윽한 향, 느껴지지?

참, 배고프겠다.

혼자 먹는 점심은 늘 생각에 젖게 해.

열린 창문으로 봄바람이 불어오네.

전화 2

—오랜만이야
물기 없는 목소리에
풀썩 먼지가 인다

함께했던
봄
여름
가을과 겨울

오직 하나에서
둘 중, 여럿 중의 하나
아니 그 하나마저 빛을 잃어 갈 때
그때 먼저 손을 내밀었어야 했다.

—그동안 잘 지냈지?
다신 찾지 말라고 다짐이라도 받아 둘걸
그런데도 빨리 끊어 버릴까 봐
조바심이 나는 이유는 뭘까……

죄송해요

죄송해요,
말없이 건네는
하얀 손길 위로
수줍게 감추인 따스함이 묻어난다
하늘 한번 쳐다보고
먼 전설의 끝을 따라가다
이내 돌아서서 젖은 눈을 가린다
죄송해요,
너무 가까이 다가서지도
너무 멀리 멀어지지도 않게
항상 그 자리
그곳에서 보내오는 시선이 따사롭다
조금만 가져가고
더 많이 드릴게요
제게 있는 모든 것을
그러나 한꺼번에 다 드리면
그 후엔 더 드릴 것도, 마음도, 기회도
없어질 것 같은 두려움
그래서 조금씩, 아주 조금씩
늘 그 자리에서
죄-송-해-요

5월엔 잠들 수 없어

그대 물빛 머플러가 떠나간 후
나는 몇 알의 수면제를 먹었다

목욕하는 밧세바*의 하얀 살결처럼
오후의 태양은 분홍빛 사랑을 쏟아 놓고
저만치서 산지기처럼 서 있는데
내 가슴에 배달된 하얀 엽서는
꿈처럼 안개처럼 희미했다

안으로 안으로 문을 닫고서
누구에게도 말하지 않으리라 되뇌면서도
편지지 가득 알 수 없는 문자를 새기고는
온 힘을 다하여 종지부를 찍는다.

반역의 무리처럼 몰려오는 구름 새로
파란 하늘의 안식을 바라보며
차가운 시냇물의 생명을 느끼면서
그래도 난 5월엔
잠들 수 없어

>
텅 빈 가슴을 쓸어내리며
눈물처럼 투명한 외로움이 흐를 때
헝클어진 실타래를 감으면서
먼지 낀 옛 편지를 정리하며
5월엔,
잠들 수 없어

* 밧세바: 다윗의 부인이자 솔로몬의 어머니.

어느 겨울 밤

I
텅 빈 객석처럼 인적 없는 거리
희미한 가등街燈의 기다란 그림자 아래에서
구겨진 사랑의 편지를 주워 들고
까만 하늘을 시리도록 바라보았다

날카로운 금속성과 함께
셔터가 내려지고
피곤한 여공女工처럼 어둠은 짙어 가는데
멀리서 흔들리는 가녀린 불빛

II
청량음료를 마시면 마음이 깨끗해질까
오늘도 사람들은 글라스 가득 사랑을 쏟아 놓고
목마른 순례자를 기다리는데
먼 여로에 지친 나그네는
굳게 닫힌 약국 문을 두드리고만 있다

인적 없는 거리에서 따스한 홍차를 파는
작은 소녀의 잿빛 목도리
청량음료를 마시면 마음이 깨끗해질까

기다림

어느새부터인가 찾아온 그리움으로 인해
오늘도 서성이게 된다

비 내리는 창밖을 멍하니 바라보다
되돌아서 책상 앞에 우두커니 앉는다
때 없이 이마엔 가벼운 열이 오르고
갑자기 음악이 듣고 싶어진다.
우연히 차 안에서 흘러나온 귀에 익은 노랫소리
혼자 무안해한다

그렇게, 그렇게 어둠이 내릴 때까지
먼 고향을 바라보는 길 떠난 여행자처럼
오늘도 기다림은 긴 그림자를 여미며
엷은 두근거림으로 남아 있다

누가 말했지?

누가 말했지?
맨 처음,
전화해도 괜찮지?
눈부시게 비 오는 날이면 빗속에서 마주하고 싶어.
누가 말했지?
조용한 산사의 풍경 소리, 물소리, 바람 소리가 듣고 싶어.
누가 말했어?
둘이서 노래하고 싶다고
눈감고 노래하는 모습 빤히 바라보고 싶어.

비 오는 한적한 포구
외딴 찻집에서 밤 풍경을 보고 싶어
검은 바다 위에 흔들리는 물결, 밀려오는 파도
어깨 마주하고 말없이 서 있고 싶다고
정말 누가 말했지?

그대로 인해 설레고 가슴이 저려 온다고
문득문득 먼 산을 바라보는 습관이 생겼노라고
까닭 없이 전화가 기다려지고
이상하게 콧노래를 흥얼거리게 되더라고
누가 말했었지?

달개비꽃

슬픈 전설
바닷빛 나비 꽃잎
나는 그댈 위해
꽃으로 피어날 수 있을까

아내의 귀가

친정에서 정양을 하던 아내가
석 달 만에 집에 돌아오는 날

애써 미소 지어 보려 하지만
그마저 힘들어 보여 살며시 잡아 본 손
아기보다 작고 깃털처럼 가벼운
하얗다 못해 투명해진 두 손을 꼭 쥐어 본다
목 안에서 치밀어 오는 뜨거움
젖어 오는 눈시울
단풍 져 가는 먼 산이 아득하다

파리한 얼굴
마른 나뭇잎처럼 부서질 것 같은 몸을
차에 싣는다
차에 얹고 간다

그래도 내 집이 좋아
현관을 들어서며 아내가 웃는다
남자들만 살던 집
향기라도 맡는 듯이 두 팔 벌려 숨을 들이쉰다

\>

화초들이 파래지고
벽지들이 하얗게 피어난다
침대가 정갈해지고 집 안이 따스워진다
열린 창문으로 싱그러운 바람이 불어온다

돌아선 여인

돌아선 여인의 뒷모습보다
시리디시린 것은 없더라

이제는 익숙해진 이별에
무덤덤하기도 하련만
언제나 그렇듯
마침내 찾아온 그 순간은
숨 막히도록 견뎌 내기 어렵더라

꽃이 져도 서럽지 않던 날들
떠나는 그대 보내던 날은
차가운 빗속에 땅만 보고 걷게 되더라

능소화

님 오시는 밤
동백기름 머리 발라 참빗으로 곱게 빗고
황촉 불 은은하게 옷매무새 가다듬어
별빛 밟고 오실 그 길 어두울세라
꽃등 걸고 마음 졸여 기다립니다

오신다던 님
아니 오면 그뿐

님의 집 담장 밑
꽃으로 피어
님의 목소리
낮은 발걸음 귀 기울여 들을래요
그윽한 미소 환한 얼굴
오래도록 사무치게 바라볼래요

해피모아

매주 토요일 저녁 7시 반
해피모아에서 만나자

데이트 장소 정하기도 쉽지 않았다

음악이 있고
커피가 있고
문을 들어서는 그대의 싱긋 웃는 모습
바라볼 수 있는
2층 창가 항상 그 자리

아카시아 하얗게 흩날리는 다가공원
구석진 벤치에서
향기에 취한 듯 멍한 눈으로 물었지
다음 주도 해피모아?

그대 떠나는 날

그대 떠나는 날
오늘 밤은 아니기를
동구 밖 휘돌고 간 바람
모가지째 뚝뚝 떨어진 동백, 목련
흐려진 눈으로 별도 없는
빈 하늘만 바라봅니다
어긔야 어강됴리
아으 다롱디리

돌아선 마음이야
어쩔 수 없겠지만
들썩이는 어깨 감싸 주던 손길
작은 일에도 흐뭇하게 바라보던 눈길
가슴 깊이 간직하렵니다 오늘 밤

그대 떠나는 날
오늘 밤만은 아니기를
어긔야 어강됴리
아으 다롱디리

우렁각시

우렁각시가 집을 나서면 거의 언제나 비가 오곤 했다
어렵사리 잡은 작은아들과의 제주도 여행 전날
또렷한 눈망울의 거대한 태풍이 제주 앞바다에 상륙했다
양파 까던 우렁각시는 눈물을 많이 흘렸다

고운 향기

그대
머물다 간 자리
꽃이 피었습니다
바람에 흩어지는 향기
그대가 남긴 손수건에 적셔 봅니다
고와서
사무치게 고와서
품속에 넣어 둘 수 없습니다
그대
다시 돌아오는 날
바람보다 먼저
그 자리에
고운 향기로 머물겠습니다

제4부

소묘

―격포에서

비 오는 날
바닷가 방파제 위를 걷는다
어깨동무한 채 무심히 널브러져 있는
테트라포드의 무리
가장 먼저 물살이 닿는 곳에
초록빛 이끼가 낀다

뿌연 물안개 속을 나는 하얀 새
구슬픈 울음마저 빗소리에 부서지고
등대를 돌아 나오는
두 사람의 옷깃엔
비릿한 갯내음
만선 깃발의 출렁임
그리고
말 없는 응시의 애틋함이 가득하다.

몇 송이 노란 단국화

갈색 화병 흐드러진 안개꽃 사이로
수줍게 피어오른 몇 송이 노란 단국화
조그마히 벙글어진 노란 꽃잎 뒤로
곱게 패이는 은은한 미소
차마 터뜨릴 수 없는 가슴 깊은 슬픔마저
하얀 안개 뒤로 살며시 감춰 두고
따스한 두 손 가득 사랑을 건네주는
그대
갈 곳 모르면서 끝없이 걸어가는
어두운 밤 나그네의 잿빛 코트
사랑보다 깊은 슬픔
이별보다 오랜 아픔으로
봄볕 맑은 파란 풀잎에서
이제는 낙엽 깔린 어두운 포도鋪道 위로
구르고 뒹굴어서 잊혀질 뒷모습들
싸늘한 바람 속에 꽃잎은 흔들려도
맺힌 그리움, 그윽한 사랑
사무치게 돋아 오는
나의 노란 단국화여.

괜스레 서글픈 눈물이

한여름
느티나무 그늘 밑
깜빡 낮잠에서 깨었습니다

하얀 머릿수건을 한 엄마
큰언니 작은언니
풋고추 따며 재잘거리는 웃음소리

괜스레 서글픔에 눈물이 나왔습니다
엄마 보며 웃는데도
눈물이 흘렀습니다

나에게로 오는 봄

창문으로 불어오는 바람이 다습다
돌 틈 사이 노란 수선화
수줍게 열린 꽃잎 새로
지난밤 곱게 내린 싱그러운 빗방울

진창길에 허덕이고
눈보라에 고개 한번 들지 못했지
성벽처럼 막아서던 두꺼운 얼음장
밤새 울어 대던 북풍 소리에
흔들리는 문들을 걸어 잠가야만 했었다

사립문 제치고 살풋 불어오는 바람
겨울을 밀어내고
기어이
아지랑이처럼
나에게로 오는 봄

곽재구 시집을 읽으며

요즘 들어 부쩍 새벽에 잠이 깬다
네 시 반
어떻게든지 잠을 청해 보지만
생각들은 뭉게뭉게 퍼져만 가고
오히려 또렷해지는 머릿속
잠자리를 빠져나와 책상에 앉는다

곽재구의 시편들을 읽으며 만나는 청년 곽재구
고단한 삶을 살아가는 그 시절 이 땅의
나의 누이, 형제, 아버지, 어머니
그리고 이웃들과 허리 잘린 나라의 서러움, 눈물들
가난과 억압된 자유 속에서도
자기 것을 나누며 서로의 몸을 덥히던 사람들

희붐하게 밝아 오는 새벽의 찬 기운
머리는 지끈거리고
발소리 죽여 다시 잠자리로 들어가 누워 본다
나의 이십 대에
내게 시詩란 쌀이 아니었구나
마지막 남은 농부의 종곡이 아니었구나

너의 졸업식

삼성병원 암 병동에는
살랑이는 바람에도
파르르 사위어 가는
촛불들 있다

유난히 헐거운 환자복
김 선생은
10년 만에 또 다른 암이 온몸에 퍼져
같은 병원으로 왔다

이번에는
쉽지 않을 거 같아
천장을 바라보는 희미한 눈동자
초점 없이 먼 과거를 응시한다

머루알처럼 까만 눈
고등학교 교복의 아들
놓칠세라 꼭 잡은
엄마의 앙상한 두 손

>
졸업식에는 꼭 같이 사진 찍어야 돼
애써 웃으며 엄마를 바라보지만
너의 졸업식……
터져 나오는 울음은
깨문 입술 사이에서 신음으로
짐승의 소리로 파편 되어 흩어져 간다

오십도 안 됐는데 아깝다
머루알 아들이 주고 간
먹 때깔 같은 포도알을 오물거리며
사람들은
남 얘기같이 허공 속으로
말들을 피워 올렸다

빛 가운데로 걸어가면

태산을 넘어 험곡에 가도
빛 가운데로 걸어가면
주께서 항상 지키시기로
약속한 말씀 변치 않네

새벽마다 나직이 들려오던
어머니의 찬송가

빛 가운데로 걸어가면

암흑과 질곡 속에서 헤매이던 때
세상의 모든 불행과 시련이
나에게만 닥친다고 좌절하고 무릎 꿇던
태양도 빛을 잃고 길이 보이지 않아
비척대던 나날들

상처를 어루만지고
눈물을 닦아 주며
날개 그늘 밑에 포근하게 품어 주던
빛의 속삭임

\>

여명처럼 길이 보이고
가슴 한편에 움이 돋고
아물어 가는 상처에서
간지러움이 온몸으로 스며들었다

춘심을 이기려고

I

춘심을 이기지 못해 나선 발걸음
햇살에 부서지는 금마호 잔물결
물살에 흔들리며 먼 하늘을 쫓는 외로운 원앙의 자맥질
푸드득 날아오른 물새들의 비상에도
물결은 그저 무심하게 밀려오고 밀려간다

비눗방울 날리는 아이들의 싱그러운 얼굴
호숫가 누런 갈대 뿌리에도 봄은
소리 없이 스며들고 있었다

II

후덕하게 얼굴 내민 목련 사이로
수줍은 산수유 부끄러움에 살랑대고
마실 준비로 분주한 벚꽃
눈처럼 하얀 꽃잎 정갈하게 빗질하는데
멀리서 산비둘기는 졸린 듯 몸을 뒤챈다

2인용 자전거 앞뒤로 페달을 밟는 연인들의 높은 웃음소리
금마호 봄바람은

상념을 깨뜨리듯 물 위로 튀어 오른
잉어 붕어의 싱싱한 비늘 위로
소담한 저녁상 옛이야기를
소곤소곤 들려준다

나는야 해병대

파시처럼 북적이는 돌섬횟집
낙지 멍게 광어 우럭
한 냄비 가득 김이 피어오르는 조개탕
분주히 오가는 술잔 속에
잠시 바람 쐬러 밖에 나간다

코끝이 싸한 겨울바람
반팔에 패딩 조끼 사내가 말을 건다
퉁방울눈
한때는 떡 벌어졌을 어깨
—선생은 어찌 생각하오
고속도로 휴게소에서 새파랗게 젊은 놈이
담뱃불 좀 빌려 달라 합디다
나는 그 나이에 어른들 근처에 가지도 못했소

육십은 넘어 보이는데 흰머리는 많지 않다
—한번은 술집에서 스물 남짓한 놈이
맞짱 한번 뜨자고 합디다
옆자리가 하도 시끄러워 좀 조용히 하랬더니……
그리고 갑자기 지갑 속의 사진을 보여 준다

빨간 명찰
순간 교도소에서 찍은 사진인 줄 잠깐 멈칫했다
—해병대 27연대요
지금이라도 맞짱 뜰 자신 있소
연세대 나오고 강의 나가는 딸이 그럽디다
아빠 이제 그런데 관심 끄고 편하게 사시라고
그의 입에서 소주 냄새가 물큰 풍겨 왔다

낮잠

상추쌈에 맛나게 먹은 점심
밀려오는 잠을 이기지 못해 곯아떨어졌다
설핏 깬 낮잠

—고등어가 눈을 떴다 감았다
꼬리를 살랑살랑

아파트 주차장 작은 트럭
졸린 목소리로 되풀이되는 마이크 소리

—계란이 왔어요 싱싱한 계란이 왔어요
난 깜짝 놀랐어요
공룡알인 줄 알았어요

아,
떼 지어 헤엄치는 고등어
한낮에 길게 목 빼어 울음 우는 장닭의 붉은 벼슬

풋감 떨어지는 송광사에서

고즈넉한 절집의 오후
만물이 멈춘 듯 바람도 입을 가리고
풀잎 하나 떨리지 않는다
보리수나무 둘레 이끼 낀 바위
가을빛 손짓에도 내리감은 눈
풀벌레 소리
산비둘기 가랑대는 소리
노승의 신발 끄는 소리
반쯤 익은 감 떨어지는 소리
나는 평평한 바위에 앉아 사천왕 부릅뜬 눈길 피하는데
가랑비에 해당화가 부르르 몸을 떤다
엉덩이를 털고 돌아 나오는 길
일주문 옆 상사화는 어찌 그리 붉은지

노래하는 우체국*

맑은 눈 맑은 목소리
고운 마음 가진 사람들을 보았습니다
지어내고 꾸미지 않아도 선한 눈빛
입에서 나오는 한 마디 한 마디 말들이
깨끗한 계곡의 물처럼 맑았습니다
그들은 이웃을,
그들은 자신보다 못한 사람들을
먼저 생각하고 아껴 주었습니다
참으로 오랜만에 보는 일요일 아침 TV에서
나도 모르게 뜨거운 눈물이 흘러내리고,
가슴이 뭉클해지고 아름다워지는 느낌이 드는 것은
왠지 모르겠습니다.
잠시나마
도시의, 세태의 온갖 찌들고 병든 내 육신과 영혼이
성유聖油에 머리 감듯
소나기처럼 시원해서 참 좋았습니다.
그리고 나서 웃음이 방싯방싯 나와
참 참아 내기 어려웠습니다.

* 《노래하는 우체국》: TV 프로그램. 사연을 보낸 시청자를 찾아가 사연
을 소개하고 진행자들이 노래도 들려주는 오래전 방송되었던 일요일
아침 프로그램.

시詩 익는 마을

시 읽는 마을
시 익는 마을

시 쓰는 밤
시나브로 스며드는 새벽

형님의 눈물

이른 겨울
잎을 잃어버린 나무들
가지 끝이 찬바람에 서늘한데
막 칠십이 되어 가는
형님이 많이 아프다

수많은 고난과 시련을 견뎌냈던
욥처럼
형님은 하나님께 아멘 하지 않았다

열심히 살아왔는데
하나님께 순종하고 신실하게 살아왔는데
전화기를 타고 오는 눈물 섞인
형님의 목소리가 서럽다

주님
아시지 않습니까
그가 얼마나 가족을 위해
이웃을 위해
헌신하고 봉사했는지

가난하고 힘없는 이들을 얼마나
긍휼히 여기고 자신의 것을
기꺼이 나누려 했는지

더욱 좁아진 그의 어깨가
차가운 바람에 떨고 있다
새벽 기도 나가는 헛헛한 뒷모습
별 그림자만 소리 없이 뒤따라간다

일곱 별 남매

I

막내는 엄마 얼굴을 기억하지 못한다
세 살 때 엄마는 하늘로 떠나갔다
칠 년 후 다시 아빠를 보내야 했다
보랏빛 도라지꽃이 하늘거리는 산등성이에서
언니들 따라 슬피 슬피 울었다
콩꼬투리 속 일곱 별
콩잎이 저리 푸른데
논둑 잡초 속으로 떨어져 내렸다

II

금모랫빛 한가위 둥근달
흐뭇한 미소 담아 내려 보는 밤
소금기 머금은 개펄 바람
사르락 사르락 불어오고
장어구이 복분자에 불콰해진 얼굴들
웃자란 보리처럼
바람과 서리에 더 많이 휘청인 별들도 있었지만
술잔을 마주하는 다 커 버린 조카들
높아진 웃음소리 고운 달빛으로 감싸고

멀리서 반짝이는 일곱 개의 별

도란도란 옛이야기

밤바람이 살가웁다

그리움이라는 이름의,

박다솜(문학평론가)

그리움이라는 감정은 이미 지나온 시간을 향해 있다. 겪어 본 적 없는 미래의 일을 그리워할 수는 없는 노릇이기 때문이다. 한때는 온전히 내 것이었으나 이제는 나를 떠나 버린 것들, 다시는 돌아오지 않는 순수했던 유년 시절이나 설렘으로 숨 막히던 첫사랑의 감정 같은 것들이 그리움의 대상이 된다. 우리는 그런 것들을 때로 잊어버리고, 때때로 사무치게 그리워하며 산다. 유한청의 시집에서 가장 두드러지는 감정 역시 그리움이다.

뒤를 보며 걷는 사람

앞만 보고 가지 말고

가끔씩 뒤돌아보세요

지나온 발자국

어지러이 찍혀 있지 않은가요?

　　　　　　　　　　　—「가끔 뒤돌아보세요」 부분

그리움이 과거를 향해 있다는 점에서, 뭔가를 그리워하는 순간 우리는 뒤를 돌아보고 있는 것이다. "가끔씩 뒤돌아보세요" 권하는 위 시편의 화자가 "어지러이 찍혀 있"는 "지나온 발자국"들을 보며 사색에 잠기는 것은 지나온 시간을 반성하기 위함인 동시에 그리워하기 때문이다. 성장과 발전에의 압박에 떠밀려 재게 걷던 발길을 잠시 멈추고 아득한 눈빛으로 지나간 시간을 바라보는 사람. 그 사람은 그리워하는 중이다.

그렇다면 내내 그리워하는 사람은 뒤를 보며 걷는 사람이 아닐까? 과거를 그리워하는 사람은 앞으로 걸어가면서도 뒤를 본다. 과거를 망각한 채 맹목적으로 앞만 보고 걷는 사람과 달리 뒤를 보며 걷는 사람은 흘러간 것들에 대한 그리움 속에서 새로운 아름다움을 길어 올릴 수 있다. 시인이 길어 올린 고아함이 가득한 이 시집을 올바로 읽기 위해서는 시적 화자의 그리움을 뒤좇는 일이 얼마간 유효할 것이다. 그는 무엇을 그토록 그리워하나. 먼저 그는 가 버린 "그 시절"을 그리워한다.

대학교 1학년 어느 봄날, 우리는 버스비를 아껴 막걸리 한

주전자 값을 만들기로 하고 용머리고개까지 두 시간을 걸어
갔다. 할머니가 차려 내온 막걸리 한 주전자와 찰진 안주들.
마지막 한 방울까지 이가 빠진 플라스틱 접시 위의 부추와 양
파채까지 남김없이 먹어 치웠다. 가난했지만 풍족했고 푸르렀
던 그때. 관료주의가 어떻고 매판자본이 어떠느니 치기 어린
토론으로 새벽 교회 종소리에 졸린 눈을 비비며 집으로 돌아
가던 날들

　　빛바랜 잡지의 표지처럼 기억 저편에서 가끔씩 발부리에
채이는 그 시절.

─「그 시절은 가고」 부분

버스비를 아끼기 위해 두 시간을 걸었던 "대학교 1학년 어
느 봄날"을 화자는 "가난했지만 풍족했고 푸르렀던 그때"로
추억한다. 여기서 과거는 물질적으로 궁핍한 상태로 묘사되
는데, 아이러니하게도 이 가난은 열정과 맞닿아 있다. 버스
비를 아껴 만든 돈으로 산 "막걸리 한 주전자와 찰진 안주들"
을 알뜰하게 먹어 치우며 "관료주의"와 "매판자본"에 대해 밤
을 새워 토론하는 한 무리의 청년들에게서 우리는 젊음이 가
능케 한 치기 어린 분투를 느낄 수 있다. 이 푸르른 열정이 화
자의 그리움의 대상인 것이다.

　곤궁함과 가깝게 닿아 있는 어떤 생기는 「축구화」에서도
또렷한데 이 시는 현재의 물적 풍요와 과거의 가난을 대비하
는 방식으로 구조화된다. 공을 차면 함께 날아가 버리는 헐
거운 고무신을 짚세기로 발에 묶어 마련한 그 시절의 축구

화와 "알록달록 메이커 축구화"가 사흘째 찾아가는 이도 없이 화단에 방치되어 있는 현재의 상황이 비교되는 이 시에서도 생동하는 삶의 활기는 풍족한 현재가 아니라 빈궁한 과거 쪽에 위치해 있다. "저녁 먹으라고 엄마가 부를 때까지/ 입김 콧김 불어 가며 바람을 가르던/ 맨발/ 짚세기로 묶은 고무신"(「축구화」).

"그 시절"을 그리워하는 위 시편들은 과거의 궁핍함과 젊음의 순수한 열정을 한데 묶는 방식으로 모종의 미학을 구축하고 있다. 가난하고도 뜨거웠던 과거를 향수하는 유한청의 시는 동시대를 살아 낸 사람이라면 누구나 공감할 수 있는 아름다움이 발견되는 곳이다.

다음으로 시인이 그리워하는 것은 "그대"다. 시집을 여는 시, 「그리운 날에」를 보면 기실 시인의 그리움은 궁극적으로 "그대"를 향하고 있음을 알 수 있다.

달빛 속에 하얗게 흐드러진 망초꽃 들판
겨울 바닷가 빨간 등대
찻잔을 마주하고 끝없이 이어지던 이야기들……
그 시절, 그 사람들, 그리고
그대의 얼굴
목소리
작은 몸짓들

그리운

날에

—「그리운 날에」 부분

여기서 그리움은 과거의 시간("그 시절")과 과거의 인연들("그 사람들")을 향하기도 하지만 보다 유의미한 그리움의 대상은 '그대'다. "그대의 얼굴"과 "목소리", "작은 몸짓들"마저 그리운 날에 이 시집은 시작되었던 것이다.

그런데 엄밀히 말해 보자면 '그 시절'을 그리워하는 마음과 '그대'를 그리워하는 마음은 같을 수 없다. 시간이란 우리 모두를 공평하게 스쳐 지나가는 것으로, 인간은 그 누구도 물리적으로 시간을 붙잡을 수 없다. 요컨대 시간은 흘러가게 마련인 것, 그리하여 그리워지게 마련인 것이다. 시간성 개념에는 근본적인 그리움이 부착되어 있다. 지나간 시절을 그리워하지 않을 방도란 처음부터 없다는 말이다.

그러나 '그대'는 시간과 달라서 그리움을 본질적으로 내포하지 않는다. 만약 그대가 그리움의 대상이 되지 않길 원한다면 그대를 언제까지나 나의 현재와 미래에만 비끄러매 두면 된다. 말하자면 유한청의 시적 화자는 그대가 시간과 함께 흘러갈 수 없도록, 나를 지나쳐 갈 수 없도록 내 곁에 붙잡아 둘 수도 있지 않았을까?

이런 의문을 던질 때 나는 사랑을 그리움의 가능성을 소거할 수 있는 수단으로 간주하는 것이다. '사랑해'나 '결혼하자'와 같은 말로 그대를 내 곁에 영영 붙잡아 두면 내가 당신을 그리워하게 되는 일은 일어나지 않는다. 이렇게 하면 그리움이 생겨날 가능성은 사라지고, 내가 사랑하는 '그대'는 결코 그리움과 만나지 않게 된다. 다만 이런 논리 안에서라면 사랑은 일종의 도구로 전락하고 만다. 그리움의 도래를 막아줄 도구 말이다.

반면 유한청의 화자는 '그대'와 그리움의 만남을 기꺼이 견뎌 내는 사람이다. 그대가 끝내 나를 스쳐 지나가서 나의 과거에 속하는 것을 허락한다. 그리움에 대한 두려움에 사로잡혀 사랑의 언어를 남용하는 대신 두려움을 감내하고 종국에는 그대를 그리워하길 택한다. 상대가 떠난 이후 호젓하게 남은 그리움을 담담히 받아들이는 이 선택이 곧 사랑의 고유한 방식이라고 말할 수 있다. 이 시집에서 그대를 그리워하는 시편들은 그리움이 사랑의 한 형태가 되도록 하고 그럼으로써 새로운 사랑의 미학을 위한 자리를 마련해 둔다.

너무 사랑하면 사랑한다고 말할 수 없게 돼

조금 슬프게 들릴 수도 있는 말이지만 사랑을 고백하는 일은 얼마간 폭력적이다. 사랑이 언어가 되어 상대에게 전달되는 순간, 두 사람의 관계는 돌이킬 수 없게 되어 버리기 때문이다. '나는 너를 좋아해'라는 짧은 고백 이후 두 사람은 어떻게 될지 상상해 보자. 이상적인 시나리오는 물론 호감이 양방향이었음을 확인한 두 사람이 행복한 연인이 되는 것이다.

그러나 우리에겐 시나리오가 하나 더 있다. 고백을 두렵게 만드는 두 번째 시나리오는 사랑의 마음이 일방향이었을 경우를 전제한다. 엉겁결에 원치 않았던 마음을 받은 사람은 거절을 해야 하고, 마음을 전한 사람은 결코 바란 적 없었던 거절을 받아야 한다. 힘든 거절의 시간 이후 둘의 사이는 껄끄러워지기 십상이다. 어떤 고백 이후 두 사람은 서로 사랑하는 사이가 될 수도 있겠지만, 어떤 고백 이후에는 거절당한 마음과 망그러진 관계만이 남을 수도 있다.

사랑을 고백한 사람의 마음이 받아들여지지 못하고 거부되는 것은 마땅히 슬픈 일이다. 그러나 고백을 받은 사람의 입장도 마냥 유쾌하지만은 못하다. 그는 좋은 동료라고 생각했던 사람과의 호의적인 관계가 자신의 의지와 무관하게 어그러지는 경험을 해야 할 수도 있고, 무엇보다 상대가 상처받지 않게 사양해야 한다는 어려운 과제를 부여받게 된다. 그는 뜻밖에도 부담스러운 상황에 처하고 마는 것이다. 재언하건대 사랑을 고백하는 일은 다소간 폭력적이다.

그래서일까. 유한청의 화자는 사랑을 가뜬히 표현해 버리는 일을 경계한다. 그의 사랑은 낮은 온도에서 보글보글 기포를 올리며 뭉근하게 익어 갈 뿐 끓어올라 넘치는 법이 없다. 이런 태도는 슬픔이나 원망 같은 감정에 대해서도 마찬가지여서, 이 시집에서 사랑의 밀어密語가 가득해야 할 자리나 비통한 오열이 필요할 것 같은 자리들은 감정의 폭발을 저어하는 마음에 의해 채워진다. 이는 물론 상대에게 가해질 수 있는 아주 사소한 부담도 염려하기 때문이다. 가령 이런 작은 부담도.

친정에서 정양을 하던 아내가
석 달 만에 집에 돌아오는 날

애써 미소 지어 보려 하지만
그마저 힘들어 보여 살며시 잡아 본 손
아기보다 작고 깃털처럼 가벼운
하얗다 못해 투명해진 두 손을 꼭 쥐어 본다

—「아내의 귀가」 부분

아픈 아내가 돌아오는 날, 오랜만에 귀가하는 아내를 데리러 간 화자는 아내를 보고 "애써 미소 지어 보려" 한다. 그러나 화자의 미소는 아내의 미소로 화답되어야 하는 법이다. 사람과 사람 사이에서는 순간적으로 미미한 사회적·상징적 임무들이 생겨난다. 예를 들면 누군가 내 쪽으로 손을 내밀었을 때, 나는 그 손을 맞잡고 위아래로 가볍게 흔들어야 한다. 내 쪽으로 내밀어진 손에 아무런 반응도 하지 않는다면 나의 무無행위는 그 자체로 어떤 의미를 띠게 된다. 누군가의 악수를 거절하는 사람은 상대에게 불만이 있거나 상대를 무시하는 것이니까 말이다.

미소 역시 마찬가지다. 상대의 눈을 응시하며 내가 미소 지을 때 상대 역시 나를 보며 빙긋 웃어 주어야 한다. 상대로부터 되돌아오는 미소는 우리가 여전히 선의를 가지고 서로를 대하고 있으며 따라서 관계에 아무런 문제가 없음을 확인해 주는 기능을 한다.

이처럼 인간이 사회적 동물이기에 마땅히 처리해 내야 하는 리액션reaction이 '그대'에게 부담되지 않기를, 시집의 화자는 세심한 감각으로 염원하고 있다. 그래서 그는 액션action 자체를 삼가거나 또는 상징적 리액션이 규정되어 있지 않은 행위를 한다. 위 시편에서 아내를 보며 미소 지으려던 찰나의 순간 아픈 아내에게 미소로 답하는 일이 짐이 될 거라고 생각한("그마저 힘들어 보여") 화자는 버거운 미소를 거두고 아내의 손을 잡는다. 미소로 화답해야 한다는 상징적 리액션의 규칙으로부터 아내를 자유롭게 해 주기 위함이다.

주체가 꽃이 되길 갈망하는 것도 이런 이유에서다. "나는 그댈 위해/ 꽃으로 피어날 수 있을까"(「달개비꽃」) 고민하던 화자는 끝내 능소화로 피어난다.

님 오시는 밤
동백기름 머리 발라 참빗으로 곱게 빗고
황촉 불 은은하게 옷매무새 가다듬어
별빛 밟고 오실 그 길 어두울세라
꽃등 걸고 마음 졸여 기다립니다

오신다던 님
아니 오면 그뿐

님의 집 담장 밑

꽃으로 피어

님의 목소리

낮은 발걸음 귀 기울여 들을래요

그윽한 미소 환한 얼굴

오래도록 사무치게 바라볼래요

　　　　　　　　　　　　—「능소화」 전문

능소화는 설화를 가진 꽃이다. 먼 옛날 한 궁녀가 왕의 승
은을 입은 후 매일 왕을 기다렸으나 끝내 재회하지 못하고 상
사병에 걸려 죽었다. 그녀의 무덤을 궁궐의 담장 아래 만들
었더니 거기서 궁녀를 꼭 닮은 주홍빛 능소화가 흐드러지게
피었다고 한다. 흥미롭게도 같은 설화를 배경으로 한 안예은
의 노래 〈능소화〉의 가사가 "오신다던 님은 기별이 없다 죽
어서도 원망하리", "서럽구나", "원통하오", "비탄에 잠겨 죽
으리"처럼 원망의 감정으로 폭발하는 동안 유한청의 시 「능
소화」는 "오신다던 님/ 아니 오면 그뿐"이라며 온몸으로 슬픔
을 삼켜 내고 "님의 집 담장 밑"에 "꽃으로 피어" 당신을 "오
래도록 사무치게 바라"보겠다고 말한다. 오매불망 당신을 기
다리는 나의 사랑이 그대의 마음을 불편하게 만들지 않도록
나는 원망도 비난도 갈망도 하지 않고 다만 꽃이 되어 조용히
그대를 바라볼 뿐이다.

꽃을 소재로 하는 다른 시편 「몇 송이 노란 단국화」에서도

111

이런 식의 감정 전개를 발견할 수 있다. "차마 터뜨릴 수 없는 가슴 깊은 슬픔마저/ 하얀 안개 뒤로 살며시 감춰 두고/ 따스한 두 손 가득 사랑을 건네주는/ 그대", "맺힌 그리움, 그윽한 사랑/ 사무치게 돋아 오는/ 나의 노란 단국화여" 같은 구절들 역시 감정의 표출을 눌러 내고 그리움을 전면화하는 주체를 그린다. 슬픔이나 사랑, 원망 등 '그대'를 향하는 화자의 감정은 이처럼 엄격히 절제되는데, 이 절제가 곧 사랑의 방식이라고 말할 수 있겠다. 유한청의 시적 화자에게 사랑이란 직접적으로 표현하지 않고 다만 은은하게 그리워하는 일과 같다. 사랑은 조용한 그리움의 형상을 하고 있다.[*]

「죄송해요」라는 제목의 시는 이런 감정 절제를 정확히 형상화하고 있어 흥미롭다.

> 조금만 가져가고
> 더 많이 드릴게요
> 제게 있는 모든 것을
> 그러나 한꺼번에 다 드리면
> 그 후엔 더 드릴 것도, 마음도, 기회도
> 없어질 것 같은 두려움

---

[*] 「기다림」에서 기다림과 그리움, 두근거림이 하나의 감정이 되는 순간은 이렇게 이해 가능해진다. "어느새부터인가 찾아온 그리움으로 인해/ 오늘도 서성이게 된다"라는 문장으로 시작해 "오늘도 기다림은 긴 그림자를 여미며/ 엷은 두근거림으로 남아 있다"라는 문장으로 끝나는 이 시에서 그리움과 기다림, 두근거림은 한데 뒤얽힌다. 그리워하며 기다리는 행위에 내재되어 있는 두근거림, 이 엷은 심장의 박동이 사랑이 아니라면 무엇일까?

그래서 조금씩, 아주 조금씩
늘 그 자리에서
죄ㅡ송ㅡ해ㅡ요

—「죄송해요」 부분

'그대'에게 하는 말로 읽히는 이 시는, 사랑하는 마음을 언어로 낱낱이 표현해 버리면, 그러니까 모든 마음을 한꺼번에 다 줘 버리면 "그 후엔 더 드릴 것도, 마음도, 기회도/ 없어질 것 같은 두려움"에 대해 고백한다. 그래서 사랑의 지속을 위해 "너무 가까이 다가서지도/ 너무 멀리 멀어지지도 않게" 한곳에 자리를 잡고 요동치는 마음을 참아 내며 "조금씩, 아주 조금씩" 사랑을 전하고 있는 것이다. 그러고는 이런 방식의 사랑이 혹 당신을 불쾌하거나 불편하게 만들 수 있다는 사실에 대해 사과한다. 시의 대미를 장식하는 "죄ㅡ송ㅡ해ㅡ요"는 그런 의미로 읽어야 할 것이다. 감정의 철저한 절제와 절제된 감정에 대한 사과의 마음, 여기까지가 유한청 시의 사랑이다.

결국 이 시집의 화자는 너무 사랑하기 때문에 사랑한다고 표현할 수 없는 역설적 사랑의 주체다. 선명한 단어로 발화되어 버린 사랑은 본의 아니게 그대를 짓누를지도 모르니 차라리 나의 마음을 자제하길 선택하는 사람, 붙잡을 수 없는 시간처럼 그대가 나를 두고 흘러가 버려 과거의 범주에 속하는 것을 받아들이는 사람. 그는 어쩌면 너무 많이 사랑하고 있는 사람일지도 모른다. 그런 사람은 뒤를 보며 걸을 수밖에 없을 것이다. 나를 두고 떠나가는 그대의 자유까지도 사랑하기에 그대를 놓아주고는 뒤를 보며 걷는다. 그래야 떠난 당신을 내내 바라볼 수 있을 테니까. 그렇다면 이 글의 제목에 놓인 미완의 문장을 이제는 완성할 수 있겠다. 그리움이라는 이름의, 사랑.

천년의시인선

116